Av. Santa Fe 3331
Tel.:4821-9816
librogasant@hq.com.ar

CONSTANCIO C. VIGIL

EL MONO RELOJERO

ilustraciones
Alejandro **F**ried **J**uli **Q**uinley

EDITORIAL ATLANTIDA
BUENOS AIRES • MEXICO

coordinación editorial
Marisa **T**onezzer
Verónica **V**ercelli

arte y diseño
Claudia **B**ertucelli
Vanina **S**teiner

coordinación industrial
Fernando **D**iz

pre-impresión
ERCO S.R.L.

odo el pueblo conocía a aquel pícaro mono que pasaba el día atado con una larga cadena a la entrada de la Relojería del Mono.

Era muy curioso, y cada tanto aparecía en el mostrador. Si el dueño de la relojería se distraía, el mono tomaba un reloj roto y después de mirarlo con la lupa jugaba a arreglarlo.

Todos lo trataban con cariño, pero él se sentía triste.

Un día, preocupado, don Zacarías lo acarició y le preguntó:

–¿Puedo saber qué te pasa?

–Me pasa –contestó el mono– que no me gusta estar atado.

–Amigo –replicó don Zacarías–, estás atado porque si no lo estuvieras, podrías hacer tonterías, perderte o lastimarte. ¡Ni se te ocurra tratar de soltarte!

Pero el mono sólo pensaba cómo hacer para escaparse.

Quiso cortar la cadena a mordiscos, pero era muy dura.

"Lo mejor –pensó– será hacerme el enfermo. Cuando mi patrón me vea triste y flaco, me dejará volver al bosque."

Primero dejó de comer. Cada tanto, se quejaba. El relojero le ofrecía toda clase de comidas. Al mono se le hacía agua la boca, pero no probaba bocado. Al segundo día, viéndolo cada vez peor, le dijo:

–Lo que necesitas es aire fresco y descanso.

Lo encerró en la jaula y lo dejó en el patio hasta que mejorara.

Como el plan no daba resultado, se le ocurrió limar los barrotes de la jaula
y escapar. Sí, pero ¿cómo encontrar una lima?

Una noche, don Zacarías no se dio cuenta
y cerró mal la puerta de la jaula.

El mono lo vio, pero se hizo
el dormido. Apenas pudo se escapó,
llevándose la escopeta del relojero
que vio colgada en la pared.

Huyó del pueblo
y corrió por el campo hasta
que llegó a un bosque.

La noche era oscura. Trepó a un árbol y se acurrucó para dormir, feliz
de sentirse libre.

Pero muy pronto se despertó, asustado por un ruido que parecía de hojas secas
pisadas por un enorme animal.

Diez veces se acostó y otras diez se levantó para mirar alrededor, seguro de que
un tigre hambriento lo espiaba. No veía nada. Sin embargo, el ruido de las pisadas
se repetía en cuanto se acostaba.

–Aquí hay algo raro –se dijo–. Y al revisar lo que usaba como almohada, descubrió
un cascarudo. ¡Ese bicho molesto, al andar tan cerca de sus oídos entre las hojas
secas, lo había hecho temblar de miedo toda la noche!

Furioso, le apuntó con la escopeta.

–¡Ahora verás! –le dijo.

–¡No me mates!… Yo no sabía que te molestaba; y además, ¿para qué usar una escopeta contra alguien tan pequeño?

"Es verdad –pensó el mono–. Podría cazar a algún animal grande."

Andando, vio dos lechuzas paradas junto a su cueva, que lo miraban asombradas.

Les apuntó con la escopeta y las lechuzas chillaron:

–¡No nos mates! ¡Si lo haces, te buscarán de noche todas las lechuzas y cuando duermas te arrancarán las orejas por ser tan malo!

–¡Bah! –dijo el mono–. Todos tienen excusas para que yo no pruebe mi escopeta.

Pasó una liebre y, al verse amenazada, le rogó:

–¡No me mates! Pude haberme escapado cuando te vi, y sin embargo confié en ti. ¿Así es como pagas mi confianza?

El mono la dejó ir.

El mono pensaba: "¿Para qué me sirve, entonces, esta escopeta?... ¡Si al menos me encontrara con un tigre o con un león!"

Y apenas lo había pensado, apareció un tigre verdadero.

–¡Ahora verás! ¡Muere! –gritó el mono–. Apretó el gatillo y cerró los ojos, asustado de lo que iba a pasar. Pero el tiro no salió. Volvió a apretar el gatillo, y no pasó nada.

El tigre avanzaba y el mono, muerto de miedo, trepó a un árbol. El arma quedó en el suelo, y la fiera se puso a reír, diciendo:

–¡Ay, que casi me matas!… ¡Ay, que me muero… de risa!

El arma era una escopeta de juguete con un corcho en la punta.

El mono, allá arriba, se abrazaba
al tronco, muerto de miedo
y vergüenza.

–¡Fui un tonto al elegir la escopeta!
¡Si hubiese traído relojes los habría
vendido todos y ya sería un mono muy rico!
Aquí nadie tiene reloj.

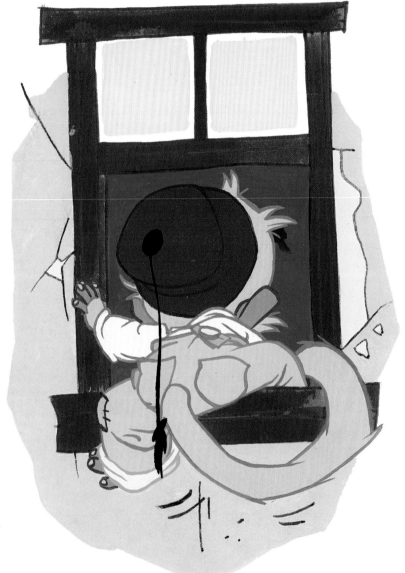

Decidió entonces
volver a la relojería.
Para que nadie lo viera,
caminaba de noche
y descansaba de día,
escondido en algún
árbol. Finalmente
llegó al pueblo
y esperó el momento
oportuno para el robo.

A medianoche,
entró por la
ventana y saltó
al estante
de los relojes.
Los agarró
todos y volvió
al campo.
Con la mercadería
al hombro, salió
gritando fuerte:

–¡Relojes!... ¡Buenos relojes!

Enseguida se encontró con una tortuga.

–¿No desearía la señora comprar un lindísimo reloj? –preguntó.

–Soy demasiado pobre para comprar –contestó la tortuga–, pero puedo ayudarte a cargar los relojes.

–¡Excelente idea! –exclamó el mono, y poniendo sus relojes sobre la tortuga, ordenó: ¡Sígame!

Después de andar un rato, se dio vuelta y no vio a la tortuga.

–¿Dónde se habrá metido? –se preguntó.
La encontró en el mismo lugar en que la había dejado.

–Amiga Tortuga –dijo–, usted se mueve muy despacio.

–No, señor Mono, voy a toda velocidad; pero usted se apura demasiado.

–Señora Tortuga, le agradezco su buena voluntad, ¡pero a este paso no voy a vender ningún reloj! –explicó el mono.
Y se fue, siempre gritando:

–¡Relojes! ¡Buenos relojes! ¡Muy baratos!

–¡Señor Mono! ¡Señor Mono! –gritó un ratoncito asomado a su cueva.

El vendedor se detuvo.

–Dice mi mamá que cuánto valen los relojes –preguntó el ratoncito.

–Explícale a tu mamá que hay de todos los precios, y que primero elija
el que quiere.

El ratón desapareció en la cueva y luego volvió a salir:

–Dice mi mamá que cuánto vale el más lindo.

–Cincuenta pesos –contestó el mono, muy contento.

De nuevo se fue el ratoncito, y volvió diciendo:

–Dice mi mamá que está bien y que si sabe dónde hay cincuenta pesos,
no deje de avisarle.

Furioso por la broma, el mono se alejó. Siguió caminando hasta
que se encontró con una cierva.

–¡Buen día! –la saludó–. ¿Querrías comprarme un magnífico reloj?

–Con mucho gusto –contestó la cierva.

–Son veinticuatro pesos –le dijo el mono, contento–. Y se lo mostró enseguida.

–Digo –continuó la cierva– que con mucho gusto te lo compraría, pero ¿dónde
lo guardo?… ¡Yo no tengo bolsillo!

"Debí haberlo supuesto –pensó el mono rascándose la cabeza–. ¡Claro! Para
usar reloj se necesita bolsillo."

–¡Relojes! ¡Buenos relojes! –iba gritando el mono.

–¡Buenos relojes! –repitió un papagayo desde una rama.

–¡Ah! –dijo complacido el mono–. ¿Querrías comprarme un reloj?

–¿Un reloj?

–Un verdadero reloj, por poca plata.

–¿Poca plata?

–Muy poca. ¡El precio es un regalo!

–¿Un regalo?

–Sólo 30 pesos con 20 centavos.

–¿20 centavos?

–Además de los 30 pesos.

–¿30 pesos?

–Con 20 centavos.

–¿20 centavos?

–En resumen, señor: ¿compra o no compra? –gritó
el mono, ya mareado.

–¡No compra! ¡No compra! –repitió el papagayo, y se fue volando.

El mono siguió su camino, decepcionado.

Al cabo de un rato vio algo que se movía en el suelo.

—¡Hormiga, Hormiga! —dijo inclinándose—. ¿No comprarías este reloj para colocarlo dentro del hormiguero y saber qué hora es?

—Querido Mono —repuso la hormiga—, todas nosotras sabemos la hora sin tener reloj. Y también se fue.

El mono se quedó sentado, triste, con una mano en la cabeza.

Al día siguiente, temprano,
encontró a unos monos
que comían frutas
en los árboles
y les gritó:

–¡Vendo relojes de lujo por poca
plata! ¡Aprovechen, porque no alcanzan
para todos!

Los monos miraron asombrados aquellas cosas
tan raras que veían por primera vez.

Uno de ellos preguntó:

–¿Para comer?

–Para saber la hora. Ahora, por ejemplo,
son las once y veinte.

–¿Qué quiere decir las once y veinte? –dijo
una mona.

–Las once y veinte –respondió el relojero,
enojado– significa que son las once y veinte...
¡Debería darte vergüenza no saber algo
tan fácil!

Los monos imitaban sus gestos y fingían comprar los relojes. Todos al mismo tiempo gritaban:

–¡Trae uno!

–¡Deme dos!

–A mí, cinco!

Viendo que se burlaban, tomó los relojes y echó a andar. No paró hasta que anocheció.

Cuando quiso dormir, no pudo. Había perdido las ganas de ser libre.

Poco a poco, caminando triste y cabizbajo, se dirigió al pueblo donde había vivido.

Al acercarse al pueblo, vio una casita blanca con una bandera. Al rato empezaron a llegar chicos y chicas con mochilas y libros: era una escuela.

"Una escuela, esto es lo que necesito –pensó–. Si me aceptan aquí, tendré casa y comida."

Esperó a que terminara la clase para acercarse. El maestro lo recibió muy bien y le explicó que podía quedarse, siempre que se encargara de barrer las aulas todos los días.

Pero desde el primer día, ya nadie se interesaba en las lecciones. El mono distraía a los chicos con sus piruetas y travesuras. Para él eran tonterías la lectura, la escritura, la historia y las·matemáticas. En cambio, le gustaba que hablaran de las frutas. Por ejemplo, escuchó decir que si se pone una papa bajo la tierra, después de unos días se encuentran en el mismo sitio quince o veinte papas.

Entonces, el mono pensó: "Si pongo una cosa bajo la tierra, y la riego, al tiempo encontraré en el mismo sitio quince o veinte cosas. ¡Estupenda idea!"

Se dedicó a juntar objetos en una bolsita, para luego sembrarlos.

Una tarde, con la bolsita en la mano, el Mono Relojero se fue al campo. Llegó hasta una pequeña laguna y se puso a cavar un pozo. En ese momento apareció una cigüeña, que le preguntó:

–¿Se puede saber qué buscas en este lugar? ¡Yo soy la dueña de esta laguna! ¿Qué llevas en esa bolsita?

Asustado, el mono mostró sus tesoros. La zancuda revisó todo con su pico largo y preguntó:

–¿Para qué sirve esto?

El mono le explicó sus planes. Sembraría aquellas cosas, y después de regar y esperar recogería quince o veinte por cada cosa enterrada, lo mismo que si hubiera sembrado papas. Después vendería todo y tendría dinero para comprar lo que quisiera.

La cigüeña lo escuchó con gran interés y preguntó:

–¿Y si se siembra un pez se convertirá en muchos peces?

–Así es –contestó el mono.

–Si se siembra una viborita o un cangrejo, ¿pasará lo mismo?

–¡Seguro! –afirmó el mono–. Basta con echarles tierra encima, regar, y cosechar después.

La picuda se quedó pensativa y dijo:

–Plantaremos todo eso, para probar. Yo me encargo de los agujeros, tú harás el resto.

Hizo unos hoyos con el pico, y el mono puso una lapicera, un lápiz, una goma, un botón y varias cosas más.

–Dijiste que hay que poner tierra encima. ¡Apúrate! ¿Y qué esperas para traer el agua y regar? –ordenó la cigüeña.

Cansado, el mono llenó de agua la bolsa y regó.

Pasaron varios días y en la tierra nada cambiaba. La cigüeña empezó a desconfiar del mono.

–¡Riega, charlatán! –decía–. ¡Apúrate, mentiroso!… ¿No me habrás engañado?

Sin pensarlo dos veces, el mono huyó con rapidez y se escondió entre unos árboles.

Al día siguiente se puso a caminar sin rumbo. Vio sobre una cerca unos riquísimos coquitos que, según parecía, alguien había olvidado allí.

–¡Qué suerte tengo! –exclamó–. ¡Y qué bien me vienen!

Pasó la mano y tomó un coquito, pero después no pudo sacarla. Aunque hacía fuerza, su brazo seguía atrancado en la cerca. De pronto lo sorprendió un cazador. El mono chilló, desesperado. ¡Imposible escapar si no abría la mano y soltaba el coquito!

Y el Mono Relojero, que se creía tan vivo, no abrió la mano y fue cazado como un tontito. El cazador lo vendió a un organillero.

Ahora recorría el mundo con su nuevo dueño, que tocaba el organito y lo hacía bailar para divertir a la gente. Al terminar recogía en su bonete las monedas que entregaban los espectadores.

Un día, llegó al pueblo donde estaba la relojería en la que había vivido.

El Mono Relojero estaba bailando en la plaza, cuando de pronto vio entre la gente a don Zacarías, el relojero. Recordando avergonzado el robo de los relojes, se tapó la cara con el bonete.

Pero don Zacarías lo reconoció y, sonriendo, le dijo:

—Ya veo que tenías otras habilidades, y que te va muy bien… ¡Te felicito!

El mono lo saludó y pensó: "Después de todo, en la relojería no lo pasaba tan mal. Pero ahora tampoco me puedo quejar: ¡Mi nuevo dueño me trata bien, me da la comida que me gusta y ya soy todo un artista!"